陳中有花（진중유화）

陳中有花(진중유화)

1판 1쇄 인쇄 2020년 06월 01일
1판 1쇄 발행 2020년 06월 10일

—

지은이 고정기

—

발행처 도서출판 해토
발행인 고찬규

—

신고번호 제 2009-000194 호
신고일자 2003년 04월 16일

—

주소 (121-839) 서울특별시 마포구 양화로7길 84 영화빌딩 4층
전화 02-325-5676
팩스 02-333-5980

값은 표지에 있습니다.
ISBN 978-89-90978-45-5 03810

陳中有花 (진중유화)

고정기 시집

일러두기

1. 이 시집은 故고정기의 유고시집이다.

2. 맞춤법의 경우 현행 국립국어연구원 '한글맞춤법'에 따르는 것을 원칙으로 하되, 띄어쓰기의 경우 본사의 내부 규정을 따랐다. 다만 방언 및 음역인 경우와 어감이 현저히 달라지는 경우는 당시의 표기를 그대로 살린 대목도 있다.

3. 시의 제목과 본문에 쓰인 한자는 대부분 한글로 바꿨으며, 필요한 경우 병기하였다. 외래어 역시 현행 외래어 표기법에 맞도록 고쳤지만 현저하게 어감이 달라지는 경우 그대로 두었다.

시집을 펴내면서

흘러간 시간에서 삶의 한 부분을 건져 올리는 심정으로 시집 《진중유화》를 펴낸다. 여기에 수록된 시들은 한국전쟁 당시 20대 청년이었던 故고정기씨가 미국군대의 통역장교로 1951년부터 1954년까지 전쟁터 최전선을 누비면서 쓴 것들이다. 고정기씨는 시 묶음 첫 장에 〈陳中有花(진중유화)〉라고 써 놓았다. 전쟁터에 피는 꽃이라……. 까치만 울어도 마음이 고향으로 달리던 그를 버티게 해 준 건 무엇보다도 '시심詩心'이었던 듯하다. 남쪽으로 피난하는 동족과는 반대로 미군을 따라 북진해야 했던 생사의 갈림길에서도 그는 절규하듯 시를 토해냈다.

한국전쟁이 끝난 후 고정기씨는 한국 잡지의 편집 분야에서 이론과 실제를 겸비한 전문 편집인 1세대로 활동하다가 1995년 암으로 세상을 떠났다. 그의 나이 65세였다.

고정기씨의 셋째인 나는, 어머니 신석남씨마저 여읜 2014년에 뒤늦게 아버지의 시 묶음을 발견하였다. 어머니가 파킨슨병으로 오랫동안 편찮으셔서 미처 아버지 유품을 정리할 경황이 없었던 까닭이다.

　나는 지금도 오래된 책들 사이에 섞여 있던 원고 뭉치를 발견했을 때의 감격을 기억한다. 시간이 정지되는 하얀 순간, 누렇게 세월이 고인 바둑판 원고지, 그리고 낯익은 필체. 그러나 아버지로부터 글에 대한 사랑을 물려받았다고 자부하던 내가 원고를 정리하는 게 어려웠고 더디었던 것은, 두 분의 오랜 병치레와 임종을 가까이서 함께 하지 못했다는 자책감이 번번이 밀려왔기 때문이었다. 이 자리를 빌어 부모님 곁을 정성을 다하여 지켜준 나의 형제님들 종수, 승희, 종훈에게 진심으로 고마움을 전한다.

　올해 나는 예순 고개를 넘었다. 뒤늦게나마 철이 들고 보니, 아버지가 나의 아버지이기 이전에 한 인간이었다는 사실에 가슴이 먹먹하다. 그래서 역사의 격변기를 온몸으로 부딪쳤던 청년의 소중한 기록을 더 이상 묻혀 둘 수는 없다고 생각하게 되었다. 나 역시 전쟁을 모른다. 그러나 그가 겪은 아픔과 희망을 터전 삼아 우리가 살고 있지 않은가 말이다.

  하여, 당신의 시를 책으로 펴내니, 전쟁을 모르는 세대들이 70년 전 당신이 전쟁터에서 피워낸 꽃향기를 맡기를 바란다. 그래서 그들이 현실에 좌절하고 절망의 늪에 빠지더라도, 살아 있음에 환호하고 결국엔 우뚝 일어나 희망찬 삶을 편집하기를 바란다. 삶은 그 자체가 환희요, 축제가 아니던가!

  소리 없이 웃던 아버지, 당신이 그립다.

  그리고 오래된 나의 벗 이문재 시인, 시집 출판을 맡아준 해토출판사 고찬규님께 고마운 마음을 전한다. 또한 늘 내 곁에서 묵묵히 바라보며 힘이 되어 준 남편 프랑수아의 사랑에 감사할 따름이다.

2020년 프랑스 파리
고명희 씀

차
례

서문   5

진중유화

노을   13

기적汽笛   14

까치   15

비행운飛行雲   16

개구리소리   17

노래   18

꽃   19

간난艱難한 무리   21

제비   23

오수午睡   24

죽음   25

절규

배멀미船醉   29

절규絶叫   30

파청波淸   32

비오는 날   34

가을1   36

가을2   37

가을비   39

코스모스   40

이별離別   41

가을비   43

사군초思君抄   45

추일산상秋日散想   51

추우유정秋雨有情   53

겨울밤   55

창窓에서   57

수선화

길   61

첫 눈   63

하늘   65

추도悼追   67

수선화水仙花   69

환희歡喜   72

유산遺産   74

고지高地에 서서   75

1953년을 보내는 시詩   78

태동胎動   80

흰 나비   82

헌시獻詩   83

보리피리   86

감꽃   88

무제無題   89

우후雨後   90

해설   93

진중유화

노을

등잔 하나 켜지지 않는
허물어진 마을

강도 얼고
산도 얼고

전선에 목 매달은
가로수는
추위에 떨어 우는데

탄약차의 쇠사슬 소리
멀리 달리는 하늘엔

오늘도 노을이 짙어
타고도 타는
노을이 짙어.

(1951. 2. 5.) 黃江里

기적汽笛
– 멀리 기적소리를 듣다

차창에
노을이 잠기면

이윽고
눈물지고 달리는 마을

하늘도 산도
고요한 어두움
식당차의 전등 밑에
우수수 떠는 난초잎 건너

멀리 아롱대는 초가집 밑에
방긋 웃는 그리운 모습

(1951. 2. 21.) 慈川

까치

까치만 울어도
마음은 고향으로 달려

달 넘어 두루두루
꽃피는 마을

그린이 오실까
설레는 소리

고향도 그린이도
다 버리니

총성 넘어
서러운 소리

(1951. 2. 23.) 慈川

15

비행운 飛行雲

구름을 이루는가
보이지 않는 모습

알 수 없는 하늘에서
솜실을 끌고

알 수 없는 하늘로
갈대를 달고

미움도 잃고
쓰라림도 지고

하늘을 넘는다
하늘을 넘는다

보이지 않는 모습

(1951. 3.) 永川

16

개구리 소리
– 일선에서 올해 처음으로 개구리 소리를 듣다

총을 놓고
비에 젖은 수첩을 보니

우수 지나 경칩

서러우는 가시낸가
목청따라 시굴개굴

부슬부슬 비 맞고서
새싹 트는 가지 밑에

주인 잃은 논밭에서
너나 실컷 울어라

(1951. 3. 25.) 小川

노래

전화戰火도 잊은 듯이
새싹 돋는 버드나무가

허물어진 교회의 종루에서
오늘도 매연에 얼굴이 검은 소녀
노래 부르니

산도 새로 들도 새로
물도 새로이 흘러

두 뺨이 밝은 소녀
부끄러움도 새로

행도杏桃인양 맺은 입술에
노래도 새로 피니

어리굴처럼 잠긴
내 가슴에
새로 피는 진달래

(1951. 3. 26.) 小川

꽃

포성 한구석
깨어진 비-루병에
유방처럼 부푸는 봉오리여

아롱거리는 모습
모두 모두 그리운 얼굴들

서로 총을 겨누다가
새봄 맞는 가슴에

증오도 가고
고생도 잊고
아득한 하늘

그리움만이 어려
오늘도 입맞추는

햇볕이 서린
북향의

눈물 맺힌 총구여

(1951. 4. 17.) 春陽

간난艱難한 무리

무더운 햇볕도 다시 쪼이는
먼지만이 아롱대는 대낮

새파랗게 잎을 달고
무성하여 있어야 할 가로수들
포탄을 맞고
쓰러져 있는 길을

뒤돌아 보며 보며
떠나오는 무리

바가지와 누더기를 인
헝크러진 머리마다
하얀 먼지를 쓴 어머니와

내걷는 다리도 힘없이
땀 고인 주름살이 긴 할머니와
아버지 지게 위에서
뼈만 남은 손을 뒤흔드는

얼굴이 누우런 소녀와

모두들 슬픔도 쓰라림도 모르는
인형처럼 줄을 지어

남으로 남으로
가는데

트럭과 지프차와 전차들
땅을 굴러 천둥을 치고

나는 고개도 들지 못하고
북으로 북으로 달린다

(1951. 4. 30.) 原州를 지나며

제비

가꾸고 가꿔
못자리 한다는 논밭에는
잡초가 한 키를 넘고

세간도 문짝도 다 헐어지고
지붕만이 갸웃이 남은 오막

그래도 제비는 와서
집을 짓는다

낯선 사람 낯선 총을 보고도
무섭지 않아

오늘도 산뜻 나르는 하늘에서
Z기와 겨누어 간다

(1951. 5. 2.) 千里

오수 午睡

군용도처럼
깎아 세운 천막

수양의 버들가지도
누우렇게 시들으니

오늘도 파재한 포성
구름이 뭉개이는 대낮

오뉴월 쇠파리
중공놈 달려들듯 모여와

낮잠에서 깨인
전우의 항아리 하품

멀리 사라지는 비행기의
희미한 폭음 속에
누군지 부르는 소리
어머니의 목소리

(1951. 5. 23.)

죽음

여기 골짝에
하나의 위대한 사실이 있으니

쇠파리도 가거라
가마귀도 그 소리 멈춰라

죽음이란
장엄한 무서움이니

시체의 빛깔도 내음도
다 우리의 것

그대 죽음이
보람 있는 것이든
보람 없는 개죽음이었든

항거할 수 없는 운명의
위대한 종말인진대

한뭉치 흙이 뭉쳐
개나리 꽃이 피고

한아름 동산 이뤄
온갖 여뭄이 있으리라

(1951. 5. 27.) 三八線

절규

배멀미 船酔

바다와 같이 맴도는
나의 골머리에 한아름 육지

오이김치가 오히려 진미여서
하얀 이빨이 시리다

생선의 으리으리한 비늘이
물결을 헤치고 뛰어들어 갈 직도 하고

그대 치마폭과 같은 바닷물이
눈앞에서 돈다

(1951. 6.) 麗釜연락선

절규 ^{絶叫}

한마디 외침을

산산이 부서져
하늘과 땅에 맞서서
바람이 일고

산이 허물어져
강물이 닥쳐와
온갖 사공 후려 삼킬
노도와 같은
한마디 외침을
기어코 하고야 말리라

무슨 말인지는 알수 없으되

이 한마디 외침을 마련하기에
나의 온 삶을 바치고

태양에 이웃하는

해바라기가 돌아서는 날

한마디 외침을

산울림 지축을 거쳐
다시 나의 귀에 다가오도록

한마디 외침을
기어코 하고야
나는 죽으리라

(1951. 7.)

파청波清

파청波清소리 들려라
바다

너의 절규에
나는 어리굴처럼
귀를 다물지는 않을지니

파청소리 들려라
바다

하늘도
너와 맞서기가 무서워

너의 품안에
무릎을 꿇고야 말았으니

파청소리 들려라
바다

삼라만상 휩쓸면
나도야
너의 품안에 뛰어들고 말지니

온누리가
바다가 되고야 말 날엔

파청소린
너의
크낙한 몸마저 휩쓸지니

그래도
파청소린 들려라
바다

(1951. 7.) 機張

비오는 날

모든 것이
알 수 없는 암흑의
동굴로 밀려 들어가는 날

눈물 지며
달려드는 빗방울 마저
차창에 부딪쳐서 흐느끼니

무덤에서 도망쳐 온
사람들이
오르고 내리면서
고등어 같은 눈알을
기웃거리다가

이윽고
돌아서고야 마는
초라한 모습

아아 누가

내 손을
꼭 쥐어만 준다면

그저
뜨거운 손을
내밀어만 준다면

그냥 말없이
주저앉어
울고야 말 것만 같다

(1951. 7.)

가을1

실컷
울어 팽겨서

그저 말없이

떨어지는
낙엽을 사뿐히 밟고

오늘도 왔소
내일도 가리다

(1951. 9.)

가을2

온갖
울음을 가다듬고

마지막 제향의 못에
소리없이
낙엽지는 설레임을

정관靜觀하는 눈은

저녁 누리의
고요히 타는 하늘을 통하여

찬란하던
아침의 태양을 본다

생각한다는 것

동면하는 날 밤
개구리 되어

왜 내가 목이 터지도록
울어야 하는가를
생각하고 있으니

한사코 기어올라
마지막 피어버린 나팔꽃이여

(1951. 9.)

가을비

하나의 임종
마지막 설레임도
안타까워

여름철
무성하던 마음

측은히
저편 콘크리트의
회색벽이 젖어 있네

손가락에
한방울

이파리의
야윈 눈물이 추워

내가 밟고 갈 길에
오늘은 가을비가 나리네

(1951. 9. 24.)

코스모스

하늘가
오늘도
삶의 태양이 이글어

피고 또 피어
으젓한 마음
코스모스의 가냘픈 몸짓이여

바람에 이웃하여
오직 너의 화단만을 간직하라

행복이면
오늘만이라도
너의 누리에서 행복을 누린다면
그만이니

나사
이슬에 질 네 입술이 안타까워서도
그저 말없이 돌아서련다

(1951. 10.) 思君抄

이별 離別

「내일부터는
어떻게 살까요」

눈속에 나란히
자욱도 따뜻한
그대와의 걸음

울상이 되어
하늘을 우러름이
사내답지 않다기에

한번
싱긋 웃어 보았지만

그래도
차창은 아물거려
떠나버리고

눈속에 외로이
자욱도 싸늘한

혼자만의 걸음

「내일부터는
어떻게 살까요」

(1952. 2. 25.) S를 보내면서

松汀里

가을비

언젠가도
그대와 가든 길엔
가을비가 나렸는데

— 오직 하나 뿐이라고 —
— 나의 사랑이라고 —

흐느껴 우는 사연
가시지 않을 목숨이렸뇨.

하늘가 저멀리
눈물지고 꺾어버린
한떨기 꽃이……
뿌리만은
가슴속 깊이 파고만 들어

가을비 은근히
손등에 차거운 날이면

눈물 맺음이
더욱 잊지 못할 얼굴이니라

(1952. 8. 30.) 칠칠육군병원

사군초 思君抄

1
머나먼
하늘가에
오롯한 아가씨야

보고 보고
또 봐서
고운 웃음 지려니

어슬다
가을비에
그만 젖어 가느네

2
저기 저
저 가지에
까치 와 우노라니

두뫼길

소스라쳐
버선발이 고운데

가도 가도
하늘 있어
귀뚜라미 우노니

3
어제 왔던
잔디밭
오늘 다시 앉으니

두 볼에
부는 바람
꿈인양 속삭이고

하늘가
봉우리를
둘이서 보았네

4
이루지
못할 사연
웃어도 보았지만

자나 깨나
그대 얼굴
나를 지켜 어리니

흐르는 눈물 있어
오늘도 저물었네

5
눈물을
흘리움이
사내답지 않다기에

우물물
적시우고

가다듬어 앉았더니

님 같은
꽃을 보고
그만 울고 말았네

6
고향에
돌아오니
꽃은 지고 말았네

쓰디쓴
눈물일랑
흘리어도 보았지만

돌아올 리
없는 봄이
서러운 마음이네

7
울타리
고개 넘겨
손을 들어 칸나꽃

우물가
고이 고이
부푼 가슴 안고서

분홍빛
댕기 감고
부끄러워 숨누나

8
유달리
높은 하늘
코스모스 피는 길

9
귀 담아
듣는 소리
누구의 이야기뇨
귀뚤 귀뚤
귀뚜라미
달 마저 지는 밤에

스미는
가슴에사
손굿인양 깊은 한숨

(1952. 9. ～ 10.)

추일산상秋日散想

1
들국화
산들거려
높은 하늘 푸르매

한떨기
꺾어 들어
두 가슴에 안으니

그리운
누구 얼굴
떠도는 구름이여

2
산산이
산울림
올 리 없는 이름이매

우러러

푸른 하늘
눈물마저 어려서

바람에
가물대는
기적汽笛도 서럽네

(1952. 10. 19.)

24. 추우유정 秋雨有情

1
창 너머
가을비는
밤보다 깊었는데

촛불에
야윈 얼굴
어이한 눈물이뇨

그리워
기다림에
옷깃이 젖는구나

2
어데서
알수 없는
흐느낌이 스며서

가을비

나리는 밤
가라앉는 누리에

그대
낙엽처럼
내 가슴에 지누나

(1952. 10. 21.)

겨울밤

1
중천에
밝은 달이
모밀꽃을 뿌렸는데

사뿐이
즈려 밟고
찾아든 아가씨야

등잔불
돋으는 밤에
벌써 달이 지누나

2
하이얀
버선발에
눈을 밟고 가시는 님

하이얀

손을 들어
돌아보는 눈동자

하이얀
치마폭에
비둘기야 자거라

(1952. 12. 25.)

창窓에서

창가에
의지하여
오늘도 이 푸른 하늘

기다려
기다림이
누구인 줄 모르지만

여보이
부르는 소리
들리는 것 같구려

(1953. 3.)

수선화

길

어제도 갔고
오늘도 왔지만

막상 길은
똑 같은 길

오히려 시궁창은
마주보기가 무서워

내일도 가야겠다고
모레도 가야겠다고

한송이 꽃은
언제나 필까

그래도
몰라

어제도 왔고

오늘도 갔지만

(1952. 12. 19.)

첫 눈

누군지 자꾸
빨리 가자고만 서둘러

벌써 가냐고

더 좀
있다가
오솔길이
상기 청청한데

그래도

먼 하늘의 석고상이
이젠 아주
산산히 부서저

눈이 나리니

누군지 자꾸

빨리 가자고만 서둘러

(1952. 12.)

하늘

아무리
걷어 젖혀 보아도

하늘은

담배 공장
굴뚝보다

캄캄한
회색

자꾸만
자꾸만
가라앉어

난쟁이들의
소꿉질

쥐구멍도 없는

감방에서
자살했다는
살인수의 얼굴

(1952. 2. 18.)

추도 悼追

라일락 꽃피는 영창
연구실의 둘러싸인 서가 안에
지금도 너의 얼굴은 어리는구나

황혼이 짙은 대학병원길
분수가 무지개처럼 솟으면
말없이 걷다 내 어깨를 두들기던 네가

비올라의 가는 선율이
초연 속에 가물거려 흐르면
남몰래 새겨둔 시를 읊어주던 네가 ―

신이 보고 물어봐도
숙이더러 물어봐도
피난천릿길 알지 못한다는 네 소식이었는데

가을비가 오늘따라 흐느끼는 날
하얀 병의病衣에 전등이 고인 밤에
네가 전사했다는 낯선 사나이의 이야기

포성이 은은하는 주검의 고지
수색대를 이끌고 용감히 싸우다가
아! 천지를 울린 지뢰의 폭발에

중상을 입고 가시는 숨속에
마지막 남겼다는 단장의 마디
「한번만 어머니가 보구싶어」

산천도 울었으랴 너의 죽음을
초목도 잠긴 서름 둘곳이 없어
산산히 가신 혼에 감천했으리

여기 호젓이 향불을 올려
너의 영면을 손 모아 빌고
내일은 어느 하늘에 너의 모습 찾으리
─ 학우 신영의 비보를 듣고

(1952. 9. 1.) 칠칠육군병원

수선화水仙花

움트는 날
지열은 대한 추위의 얼음마저 바스리고
빙해의 기쁜 아우성
아지랑이에 고여 흘러든 날

봄맞이 가다가 이는 바람이 추워
돌아서 오는 냉기冷氣돈 목덜미가
담그늘에 서린
수선水仙의 손 손 손에 설렜습니다

새끼손가락 하나가
풋내에 젖어 눈이 시리고 보면

먼 옛날 목욕 갔다 오는 골목길
어머니 등에서 겨누어 보던
손톱만한 반달의 고독을
자근자근 씹어보는 것이었습니다

구름에 구름을 가려서

양지의 손바닥에 맺은 봉우리는
서글픈 사투리를
중얼거려 부르기에

꽃 피어 오른 귓등에
소곤소곤 속삭여보니
또한 어색한 외국어의 마디에
신화를 외워보는 것이었습니다

그저 아무 말없이 입맞추려니
젖을 머금는 갓난아기의
백일웃음의 가락이 안타까워지고

차라리— 하고 돌아서려니
검은 눈동자는 외로운 마을에 이웃하여서
끝없이 구슬픈 나락으로
떨어지는 것이 무서웠습니다.

아무래도 그나마

가냘픈 입술이 있어야만 하겠습니다

나를 이 공간에 받들어주는
하나의 거룩한
손 손 손 수선화가 있어야만 하겠습니다

(1953. 2.)

환희 歡喜

말라 빠진 시궁창에서도
빗방울 지는 소리는 들려옵데다

손등은 그래도 신경이 살아있다고
한방울 빗물을 차겁게 맞아드립데다

참말 신기하드군요

3년 가뭄에 지렁이도 살지 않는 시궁창과
핏줄기 하나 새파랗게 새울줄 모르던 손등과
언제 그랬드냐 싶이 감각과 흥분을
영 잊어버린 줄만 알았던 살덩어리가

우수 지나 오는 비에
시집드는 새악시마냥 어쩔줄 모르고 설레니

구역질 나던 삶이
어쩌면 그렇게도 아깝고 귀여워지는 것일까요

가만이 앉아 있기에는 너무나 궁둥이가 간지러워
목놓아 노래를 부르면서
그저 먼 길로 먼 길로
이 비를 맞으면서 달리고만 싶은 마음입데다

(1953. 3.)

유산遺産

자운영의 꽃판이
무지개처럼 누워 있고

보리 이삭 부푼 가슴이
푸른 알을 배고 주저앉은 두멧길에

오늘도 두루미처럼 서서
긴긴 해를 이웃하여
흙을 파먹는 그림자가 있다

먼 옛날부터
할아버지와 아버지가
하루갈이 논뺨이와 같이
물려 받고 지켜온
하나의 거룩한 유산이었나니

억만년 보리밭에 쌓인 재목이
여기 두루미처럼 서 있는 것이다

(1953. 5.)

고지高地에 서서

소한 추위의 바람이 거센 날
나는 최전방 OP의 고지에 올라서서
총도 없이 적진을 노려봤다

저 멀리 천막촌에는
얼굴이 검은 인도병이
낯선 무명을 머리에 감고
야자수의 꿈을 꾸고 있는데

젊은이들
이를 악물고
노래 부르며 고성을 치며
날개를 파닥거리고 있다

산도 고요
들도 고요한데
중천에 편편히 날리고 있는
하나의 깃발이 있는 것이다

아! 이 깃발
이 깃발을 위하여
어제의 싸움에서 피를 흘린 청년이 있었고

다시 이 깃발을 위하여
오늘 저 천막에서
싸우고 있는 청년이 있으니

― 나는 눈을 감는다 ―

기어코 헛되지는 않으리라
저 깃발을 위하여 흘린 피와
저 깃발을 위하여 이 땅속에 묻힌 뼈와

그리고 저 깃발만이 돌아와서
이를 악물고 있는 젊은이들의 넋이
기어코 헛되지는 않을 진댄

오, 참된 자유여

거룩한 평화여

찬란한 대한민국일지어다

(1954. 1. 6.) 미해병대 전방 천막을 보고

1953년을 보내는 시詩

밤
12시 59분 59초
마지막 기차가 떠나는 순간
나는 플랫트홈에 섰다

한 가닥 기적소리를 남기고
떠나가는 1953년의 바퀴에서
나는 눈물도 후회도 없이 돌아섰다

가는 이가 아쉬워
한방울 눈물을 짓기에
나의 추억이 너무나 찬란해서가 아니라

이 막차가 떠나고 나면
다시 새로운 내일이
새로운 1954년의 아침이
진정코 오리라고 믿었기에

기쁨과 즐거움과 바람과 행복

그러한 모든 것보다도

가시밭길에 장미꽃을 피울 수 있는
보람 있는 노력을 설계할 수 있는
꿈이 있어서이다

헛된 꿈일지언정
나는 이 꿈을 파먹고 살아왔고
또한 이 꿈을 좇아 살아 갈지니

오늘밤
막차를 보내고 나면
다시 내일 아침 새벽차를
마중나와야 한다

기차는 떠났다
전등불도 꺼졌다
영원한 내일을 위하여⋯⋯

(1953. 12. 31.) 汶山里

태동胎動

복사꽃이
뒤안길에서 피었다

태동이 있어
새댁은 허리를 비비 꼬고
낯이 붉었다

어매—
송아지가 울면
자꾸만 부푸는 젖꽃지가
신기하기만 했다

어제는 꿈을 꾸었다

암탉이 알을 품고
항아리만한 알에서
옥동자가 곱게 웃고 있었다

복사꽃이 지고

주먹만한 열매가 익었다

(1954. 3. 15.)

흰 나비

저 멀리
하늘 넘어
보리밭 이랑

아지랑이 나는 들
부는 바람에

개나리
진달래
호호 할미꽃

피고 지고
가는 길
하얀 흰 나비

(1954. 4. 12.)

헌시獻詩

노령盧嶺이 줄기 구비쳐
무등의 운봉 구름을 뚫고

막역莫逆의 맑은 물결
극락에 고여 흐르는 마을

여기 천만 젊은 가슴이 모여
나라 위한 슬기 닦는 고을 위에
하나의 동상이 우뚝 솟아 있다

을지문덕장군

살수의 대전
물밀듯 쳐들어 오는
오랑캐를 물리치고

고구려 칠백년
도북의 길을 닦았으니

들어서 재상
나가니 장수

그대 오늘 영겁에 살아
상무대를 굽어 보고 있다

발은 밟아
무궁화無窮花아름다운 동산
지축을 흔들고

손은 들어
구천에 드높이
충천의 기개를 솟구치고

눈을 부릅떠
멀리 서북의 하늘
오랑캐를 노리고 있으니

한일자 닮은 입은

한번 벌리면
천둥처럼 울리어
백만대군을 호령할지니

오, 그대 여기에 살아
우리의 넋을 북돋는다

젊은이여
보라! 저 눈빛이 가는 곳을
들어라! 저 입에서 파도치는 호령을

젊은 용사들 가는 길

백두의 봉오리 타고
압록의 물결을 거슬러
남북통일 이룰지니

동쪽 바다
찬란히 빛나는 등불을 밝혀라

(1954. 4. 19.)

보리피리

언덕에 누워
보리피리를 불면
피르르 피르르
피— 흐르르

5월이
흰 구름을 타고
달무리 같이
떠도는
가시내의 얼굴

우물가에 서서
보리피리를 불면
피르르 피르르
피— 흐르르

5월이
포플러 잎사귀에 붙어
물동 이고

돌아서는
분홍 저고리

(1954. 5. 10.)

감꽃

이젠
가야겠습니다

호롱 호롱
감꽃이 피면

이젠
가야겠습니다

여든여덟 개
염주의 목걸이를 만들어

내 목숨의
찬란한 가을을

이젠
가야겠습니다

(1954. 5. 25.)

무제 無題

이웃 뜰 안에는
한 포기 모란이 피고

울넘어 나뭇가지에
온갖 새가 지저귀어도

아, 어쩌지 못하는 마음

나를 저 멀리 하늘로
마음껏 날게 하라

눈에 보이지 않는
창살이 있기로

손에도 거슬지 않는
쇠사슬이 있기로

모란에 지는 빗방울처럼
뚝뚝 떨어지는 눈물이 있오.

(1954. 6. 25.)

우후 雨後

눈부신 햇살이 있기로
고무신 발가락에 걸고
총총히 나가보니

이 어이한 기쁨이뇨

먼 산이 구름을 헤치고
한발을 다가섰는데

장마비에 젖은 풀잎들
금어비늘처럼 반짝이고

호박넝쿨이 기어 오른
흙담 한구석
서쪽 하늘이 활짝 트이어

오, 눈부신 얼굴
손바닥만한 푸른 하늘이 피어
새벽길에서

아련히
나팔꽃 같은 마음이여

시인을 읽고 편집자를 얻었다

이권우 | 도서평론가

내가 전설적인 편집자 고정기 선생의 이름을 들은 건 1990년대 중반이었다. 지금이야 도서평론가라고 하며 나대고 있었지만, 당시에는 세상에 적응하지 못하고 이리저리 떠돌아다니던 프리랜서였다. 출판저널에서 모셨던 이승우 주간님께서 을유문화사 50년사 마무리 작업하면서 용돈벌이라도 하라 하셔서 조계사 옆에 있는 을유문화사 2층에 들락거릴 무렵이다. 을유문화사 사옥은 겉으로는 멀쩡한데, 안에 들어가면 고풍스럽기 그지없었다. 오래되고 낡고 영욕의 세월을 같이해온 사무가구를 보노라면 짠한 마음이 들었다.

그 무렵은 을유문화사가 반짝 기사회생해서 이것저것 모색하던 때였다. 활기가 있었다. 그러니 분위기가 여러모로 좋았다. 이미 쓰인 원고를 손보면서 을유의 역사를 익히고, 새로 집필할 대목을 준비하려고 이런저런 책을 보다 손에 딱 쥔 책이 기든스의 《현대사회학》이었다. 기든스가 누구던가, '제3의 길'을 외치며 노동당의 재집권을 가능케 한 세계적인 사회학자가 아니던가. 그런데

이 참신하고 유명한 저자의 책이 이 오래된 출판사에서 나왔다는 게 의아해서 이것저것 물었다. 그때 들은 이름이 바로 고정기. 책에는 다 인연이 있는 법이다. 이 책이 을유문화사에서 나온 데는 각별한 인연이 작용했는데, 공동번역자인 아무개 교수가 고 선생 사위여서 책을 소개해주고 번역도 한몫해주었다는 말을 들었다. 기든스의 《현대사회학》은 명맥이 끊겼던 대학총서의 간판격으로 나온 책이었는데, 대학교재로 쓰이며 상당히 많이 팔려나갔다. 지금까지도 을유문화사가 판권을 유지하면서 스테디셀로로 자리잡았다.

《을유문화사 50년사》를 작업하면서 알게 된 선생의 활약상을 소개하면 이렇다. 선생이 을유문화사와 인연을 맺은 것은 1988년이었다. 해방둥이 을유는 기획과 영업에서 두루 큰 성과를 보여 큰 발전을 이룬 출판사였다. 하지만 1970년대 후반 들어 전집물 퇴조에 따라 경영악화를 겪었고, 설상가상으로 6개 과목의 교과서를 출원했지만 전과목 탈락의 고배를 마시며 큰 타격을 입었다. 하락세를 겨우 벗어난 을유문화사는 1980년 후반 들어 독서대중이 실생활에 도움이 되는 가볍고 실용적인 책에 관심을 기울이는 점에 주목해 대중적인 아이템을 개발하기로 했다. 그동안 쌓아온 인문출판의 역사도 이으면서 바뀐 출판환경에 적응할 조타수로 선생을 편집주간으로 모셨다.

고정기 효과는 다음 해 금세 나타났다. 필립 체스터

필드의 《Letters To His Son》을 내용에 걸맞게 제목을 바꾼 《내 아들아 너는 인생을 이렇게 살아라》가 시쳇말로 대박을 터트렸다. 50년사는 이 부분에 "오랜만에 나온 베스트셀러"라는 제목을 붙였다. 오랜 갈증을 다스린 단비 같은 기획이었다는 점을 강조한 셈이다. 선생은 경영진의 기대대로 잡지에서 익힌 기획력을 단행본 출판에 성공리에 접목했다. 이어서 출간한 웨인 W. 다이어의 《내 인생 내가 선택하며 산다》도 역시 낙양의 지가를 올렸다. 워낙 무거운 책만 내던 출판사라 두 권의 베스트셀러가 서로 경쟁하면서 순위다툼을 하니, 출판계와 언론계에 두루 화제를 낳았다고 하는 기록이 사사에 적혀 있다(라고 써야 하지만 그 대목을 내가 썼던 기억이 난다.)

1995년이 을유문화사가 고고성을 울린 지 50년 되는 해다. 《을유문화사 50년사》가 출간된 것은 1997년이다. 50년사에 보면 "창립 50주년을 맞은 1995년, 전국도서전시회에서 MBC와 인터뷰를 하는 고정기 상무"라는 설명이 붙은 사진이 실려 있다. 선생이 창졸지간에 돌아가신 해가 바로 이 해이니, 선생이 가시고 얼마 지나지 않아 내가 을유에서 50년사를 마무리했던 모양이다. 그런데 누가 이 인연을 알겠는가? 선생을 아는 사람들 대부분이 돌아가시거나 사회생활을 접은 상태다. 그런데 직접 뵙지는 못했지만, 그 마지막 활약상을 기록했던 사람에게 선생의 유고 시집을 준비하는데 발문을 써보지 않겠냐는 부탁을 받고 깜짝 놀랐다. 인연이라면 인연인데, 출판계의 대선배에게 바치는 헌사라 여기고 기꺼이 쓰겠다고 답했다.

《을유문화사 50년사》에 기록된 대로 고정기 선생은 잡지 편집자 출신이었다. 1930년 전주에서 태어나 전주 고등학교를 졸업하고 서울대 국문과에 입학했다. 한국전쟁 시기에는 이 시집에 잘 나오듯 통역장교로 지냈고, 학업을 마치고 1956년 첫 직장으로 잡은 곳이 '여원'이었다. 잡지 편집자의 삶은 《한국현대언론인 열전》에 잘 나와 있다. 선생이 입사했을 적에 여원사에는 김영만, 최일남, 이문환이 근무했는데, 최일남을 이어 선생이 1959년 편집국장이 되었다.

오늘의 독자를 위해 여원을 설명해야겠다. 이 잡지는 본디 학원사가 1955년 창간한 월간 여성잡지였는데 이듬해 독립했다. 교양, 오락, 생활정보뿐만 아니라 문학작품도 실었다. 1956년에 한 대학생 대상 설문조사를 보면 여학생은 여원을 가장 많이 보고 남학생은 세 번째로 많이 보는 잡지였다. 연예인 신변잡기나 다루는 여성지라는 편견으로 여원을 평가하면 안 되는 이유다. 선생이 잡지 편집을 진두지휘할 적에는 4만부나 발행하는 최고의 잡지였다.

이후 선생은 〈월간 중앙〉 〈여성중앙〉 〈주부생활〉에서 편집자로 활약했다. 기실 편집자라는 말이 확실히 뿌리내린 지는 얼마 되지 않았다. 그런데 자료를 살펴보면 선생이야말로 자신의 정체성을 일찌감치 편집자라 규정했고, 그 의미와 가치를 두고 "편집자는 바로 이러한 활자 매체의 중매자이며 연출자이다. 저자와 독자의 중간에 서서 저자의 사상이나 문화가 올바르게 활자화되어 독자가 이를 정확히 이해하고 흡수하도록 연출하기도 하고, 저자로 하여금 새로운 사상이나 문화를 창조하도록 자극하고 도와주는 촉매자 역할을 하기도 한다"고 명토 박았다. 오늘 편집일을 하는 이들의 대선배라는 말보다 선구자라는 수식어가 더 어울릴 법하다.

  선생의 이력 가운데 통역장교로 전쟁을 치렀다는 사실이 흥미롭다. 일찌감치 리영희가 자서전 《역정, 나의 청년시대》와 《대화》에 통역장교 시절을 회고한 자세한 내용을 실었고, 소설가 최인훈이 《화두》에서 그 시절을 언급한 바 있다. 일제의 식민교육을 받다가 해방이 된 다음 대학에 들어갔고 서구 문화에 동경을 품어 영어를 열심히 공부한 청년들이 통역장교로 민족사의 불행을 어떤 식으로 겪어냈는지는 지성사적으로 연구된 바 없다. 한국인이면서 미국적 관점을 엿볼 기회가 있었을 테고, 때로는 최전선에서 벌어지는 상잔을 목격하기도 했을 것이다. 날카로운 지성, 청년다운 혈기, 민족에 대한 뜨거운 사랑 등이 혼재된 시각은 과연 한국전쟁을 어떻게 보았을까? 어쩌면 가장 객관적이면서도 전체적인 시각으로 전쟁을 이해하지 않았을까? 사뭇 궁금해지는데, 마침 선생이 통역장교로 활동하면서 틈틈이 쓴 시를 모아 《진중유화》를 뒤늦게 펴내니, 후대에 이 분야를 연구하는 데 참고할 만한 내용이 되지 않을까 싶다.

물론, 개인적으로는 편집자에 대한 자각이 강한 선생이 청년시절 시를 썼다는 점에 더 주목했다. 요즘에는 편집이라는 말보다는 기획이라는 말에 더 방점을 찍는 경향이 있다. 그러다보니 독서시장의 변화를 예측하거나 외서를 잘 고르는 게 중요한 덕목인양 여긴다. 하지만 편집자의 가장 중요한 역할은 저자의 사유를 우리말 어법에 맞게 제대로 풀어내게 하는 데 있다. 특히 번역서라면, 번역투를 최소화하고 일상에서 쓰는 우리말로 잘 옮겨지게 애써야 하는 법이다. 그런 점에서 선생이 시를 썼다는 점은 편집자로서 자기 정체성을 키워가면서 무엇을 우선했는지 아는데 도움이 된다.

여기서 생각나는 일화가 있다. 선생이 최일남이랑 같이 여원에 근무할 적에 《여성생활백과사전》을 기획했다고 한다. 미루어 짐작컨대, 일본어판을 자주 참조했을 터이고, 당시 일상언어에 일본어투가 두루 남아 있어 곤욕스러웠을 터다. 가능하면 우리말로 바꾸어 썼으면 좋겠으나 쉽지 않을 일이었을 게다. 그래서 선생을 비롯한 편집진이 고어나 사투리를 찾아 썼고 새로운 단어를 만들어 쓰기도 했단다. 그런 가운데 나온 이야기가 도시락이라는 낱말. 여전히 벤또라는 말이 널리 쓰였는데, 이를 대신할 낱말을 찾았다. 후보군으로 오그라맹태·찬합·도시락이 올랐는데, 〈여성생활백과사전〉에 도시락을

택해서 등재했더니 나중에 국어사전에도 당당히 도시락이 올랐다고 한다. 선생은 그 공을 다 최일남에게 돌렸으나, 어찌 그렇기만 하겠는가. 이 에피소드를 들으며 선생의 언어감각은 어디에서 벼려졌는지 궁금했는데, 이번 시집으로 그 실마리를 잡을 수 있었다.

시집을 읽어보니, 진중에서 쓴 시라 얼핏 보아도 울음이란 낱말이 자주 나왔다. 〈가을 2〉를 보자.

온갖
울음을 가다듬고

마지막 제향의 못에
소리 없이
낙엽지는 설레임을

정관하는 눈은

저녁 누리의
고요히 타는 하늘을 통하여

찬란하던
아침의 태양을 본다

생각한다는 것

동면하는 날 밤
개구리 되어

왜 내가 목이 터지도록
울어야 하는가를
생각하고 있으니

한사코 기어올라
마지막 피어버린 나팔꽃이여

전쟁의 시절, 울어야 할 이유는 얼마나 많았겠는가. 가족을 잃어 우는 사람, 사랑하는 사람이 죽어 우는 사람, 심지어 우는 사람을 보다 우는 사람도 있었을 터다. 거기다가 목이 터지도록 울어야 할 일은 얼마나 많았겠는가. 부모가 죽고, 사랑하는 사람이 죽고, 자식이 죽었다면 어찌 목이 터지도록 울지 않겠는가? 그런데 청년 고정기는 그 비극의 현장에서 희망의 끈을 놓치지 않는다. 낙조를 보며 일출을 꿈꾸고 동면의 계절에 나팔꽃을 피워 올린다. 살이 흩어지고 피가 낭자한 가운데도 시어로 희망을 수놓는 청년 고정기의 기개를 엿볼 수 있다.

1951년 4월 원주를 지나면서 쓴 〈간난한 무리〉를 볼라치면, 민간인은 남으로 내려가지만 통역장교인 선생은 북으로 올라가는 상황을 그렸다.

모두들 슬픔도 쓰라림도 모르는
인형처럼 줄을 지어

남으로 남으로
가는데
트럭과 지프차와 전차들
땅을 굴러 천동을 치고

나는 고개도 못들고

북으로 북으로 달린다.

긴박한 상황이다. 북쪽의 전황이 심각한 모양이다. 사람을 태우고 무기를 싣고 떼로 몰려가니 천동 치는 소리가 날 정도다. 그런데 왜 이 와중에 청년 고정기는 고개를 숙이고 있었을까? 차마 볼 수 없어서 그랬을 거다. 가난한 나라의 백성이 전쟁을 겪으니 피난하는 꼴이 어찌할지는 뻔하다. 본인은 목숨이 걸린 전선으로 가면서도 더 안타깝고 한스러웠으리라. 헐벗고 지치고 앙상한 이웃의 몰골이. 시심이 놓인 자리가 바로 여기 아닐까? 언어적 재능을 뽐내느라 시를 쓰는 것이 아니라 기록하고 싶고 알리고 싶은 그 어떤 아픔을 형상하기 위해 쓰는 것 말이다.

1954년 3월에 쓴 〈태동〉을 보면 전쟁의 폐허를 딛고

다시 소생하는 민족과 민중에 대한 애정, 그리고 강렬한 희망이 절제된 시어로 잘 묘사되어 있다.

복사꽃이
뒤안길에서 피었다

태동이 있어
새댁은 허리를 비비 꼬고 낯이
붉었다.

어매-
송아지가 울면
자꾸만 부푸는 젖꼭지가
신기하기만 했다

어제는 꿈을 꾸었다

암탉이 알을 품고
항아리만한 알에서
옥동자가 곱게 웃고 있었다

복사꽃이 지고
주먹만한 열매가 익었다.

길었던 고난의 터널을 빠져나와 이제 희망의 빛을 보는 상황을 그렸다. 태동이라, 새로운 생명이 막을 뚫고 나오려고 꿈틀, 하는 것을 이르는 말이지 않던가. 첫아이를 기다리는 아빠의 심정이었을 수도 있겠다는 생각이 드는 이 시는 복사꽃이, 암소가, 암탉이, 새댁이 모두 태동을 겪는 이토록 환장할 만큼 평화로운 시대를 맞이한 것에 대한 절절한 기쁨이 곱게, 부풀어, 주먹만 하게 그려졌다.

의문이 남는다. 청년 고정기는 왜 더는 시를 쓰지 않았을까? 아마도 생활에 충실하기 위해서였을지 모른다. 더욱이 잡지 일이라는 게 상당히 바쁜지라 시심을 가다듬고 언어로 형상화할 짬이 부족했을 수도 있다. 다른 하나는 자신의 재능보다 더 나은 사람을 세상에 내놓는, 그러니까 편집자적 삶을 선택해서 일 수도 있겠다. 누가 잘 읽는가? 뭐라 해도 잘 쓰는 사람이 잘 읽는다. 그 혜안으로 잡지를 만들고 책을 펴냈을 거다. 그러니, 시인을 한 명 잃었으나, 전설적인 편집자를 한 분 얻었으니, 이 어찌 기쁜 일이 아니겠는가!

세월이 한참 흘러 편집자 고정기를 기억하는 사람이 적어졌다. 모쪼록 이번 시집이 선생을 추억하고 그 정신을 이어받는 기회가 되기를 간절히 바란다.